# attoiumani_nizi

藤本哲明

思潮社

# attoiumani_nizi

藤本哲明

# 出立

届かない
まだ手を延ばして
相違えた指を配る
ぼくたちは林道を象って
淵辺へと　たくさんの
息吹を摘んだね
その穢れをまとっても
もう慌てないで
みじかく、身近に
護っているから

きみも知っている
隣町の水夫が
護っているから
穏やかに綴るおれの
薄い紙にいつのひか
穏やかに刻んでくれ

＊

この七日のあいだに朽ち果てた
獣の数をかぞえたら視力が衰えた
隣人たちは枝葉をあつめ火を焚き
朽ちた屍が燻され　絡まった蒸気が
濁ったからだを覆った

＊

翔んださきから
不浄の深沼に
足をすくわれ
転ばない方法を
蝶々は捨てた
翌日にはこどもたちが
羽化をはじめ
繰り返される
転倒に
あたらしい希みの
絶たれた
しかしぼくたちには
脱ぎ捨てられた
体皮がある

＊

象られた獣たちの足跡　のあまりの小ささ
に手を合わせ　かつて踏み固められた刹那
に　残っていた湿り　を想ってきみは　思わず
くしゃみをした

＊

轟々と
うなっている
ひと滴
余さずに食んで
かじかむ
まだ手を延ばして
ぼくたちは

触っているね
摘み穫った
息吹の欠片で
書きつけているから
たとえば業など
もはや聴こえなかった
どうか荒らさないで
きみが贈ってくれた
涼しく貧しい
琥珀いろの数珠
をたずさえ
わたしたちは、きょう
出立します

目次

## 3 Das kleine Chaos



## 4 attoiumani_nizi

# attoiumani_nizi

Tetsuaki Fujimoto

artwork:

Kotoe Oana

カナちゃんとインターに捧ぐ

（通過していく者）

# WEEKEND

東門を抜けると
始発前の
B-boy、B-girl が雨に打たれ
一二〇年前から
ローソン建設を見遣っていた

この冬もまた
果てることなどなく
きっかり週末を迎え
再開発の、Re が垂れる

駅前市民型モールでは
Absolutely no smoking
が噂され
副流煙だけを目当てに
喫茶店に屯していた男や女たち
一斉に姿を消しゆく

こうしてまたひとつ
Couldn't be genealogically divided into ours and yours
で、俺はすっかり
珈琲にザラメを入れる癖がついた

# この冬（二）

思い出せない
台詞
があって
漫画かなにか
であろう
と思い
部屋
のなかの
漫画の類
を斜め読み

したが
見つからず

勢いで
電車に乗って
梅田へとゆき
わりと
大きめの
漫画喫茶
に入った

二、三時間ほど
探したが
結果、
思い出せず
にいる

理性を
失っていない
ことを
必死に述べ続ける
として
その姿こそが
狂っている
ことの
証左なのだ

などと
したり顔で
云うので
ああ、
ここの他人も

ついに
焼きが
回ってしまったのか
或は、

じぶんじしん
にしか
復讐されずに
終る、だ

どっちにしろ
部屋のそとは
寒い

隣席の
同僚が

きょうも
インターナショナル
・ヒットマン・ブルーズ
を歌って
いる

# ザ・パッセンジャー

I

何事もなかったのかと問われれば、おそらく「何も無かった」と応えるのだろう。ただ、過ぎゆく者の顔やかたちが少しずつ、移ろって行っただけのことだ。あたらしい、冬の間口がごく近くまでやって来て、鷹揚にくつろいでいる。特段、腹立たしくはない。最後と思って火を点けた煙草も、翌朝には湿気っているのだから。

## 2

道なりに進み、一段落着いたと思ったら、すでに崖から転げ落ちた後だった。先頭をまっさきに行った男はその先が崖だとは云っていなかった。仕方がないものなのか。男は、左手に明るい灯を携えていたのだが。わたしには、この闇夜のなかで頼れるものがひとつもない。ただでさえ、視力の覚束ない身のうえで。からだのほうは随分と痛んだが、妙に精神は冷えていた。足もとで、フナムシが騒いでいるのがよくわかる。

## 3

テトラポッドの美しさ。隙間にはやたら、昼間の塵芥が折り重なる。夜の海は意味もなく波音をたて、いたずらに時間が経過する。拾った流木にライターで火を点けようと試みるも、端から暇つぶしの児戯に過ぎない。去っていった者も、やって来た者も、同様に哀しみをひた隠しにして。何かが終った、というには何かが始まっていなければならない。しかし、わたしは始まりの合図をいつも取り逃がしてきた気がする。

4

振り返ると、そこには過去ばかりがあり、ときに笑いながら一勢に押し寄せてくる。冬の海辺で砂を蹴散らしてみたが、事態はいっこうに変わりそうもない。仮に、すべての過ぎ去ったひとびとの顔とことばが蘇ってきたとしたら、瞬時に、泣き出すことも出来ただろう。うっすらと、少しずつ失っていくこと。それだけは、確かだ。以前、あのひとと話し合った哀しみを哀しみと感じられない悲しさについて。それすらも、手のひらから落としてしまった。

5

摑んだものの余りにもの少なさと、その変容にたじろぐ。放っておけば、単に色が褪せるのではない。虹色に変わったとしても、喜ばしくはなかった。忘れられない。その因果に足をとられる。たぶん、過ぎ去ったものに雁字搦めになっているのはわたしのほうだ。その時、よく知っているはずの男の破顔に、すべてを賭しても良いと思った。月は夕刻には沈んでいた。

6

明けない夜はある。明けて欲しいと思っても、明けてくれるなと思っても等しく。波音の単調さが眠気を誘う。しかし、まだ眠りにはつかない。書き得た文字にではなく、書き損なった文字にこそ祈りが宿るなら、割合この世は残酷な出来具合だ。作り得なかった幾つかの文句を、無残なかたちで部屋に置き忘れて。取りに帰りたいが、もう何度も引っ越したあとだ。

7

何処にも定住出来なかった。過ぎ去ってばかりで。気がつけば、いまは浜辺だ。了解したはずの約束ですらなにひとつ果たせずにいる。諦めに似た感情はつねに側においてあるが、それでもなお生活はやって来る。こんな夜に、浜辺を走っていく男がいる。何も考えず、男のあとを走ってみることにした。存外、気分が良い。男の姿はすぐにみえなくなってしまったが、わたしはひとまず、人家の灯りのほうへ向けて走り続けた。

# 暴風警報のエレジー

（モウ、充分。）

密通する風たちの
うめき声をすべからく
黙殺する

「頭、痛うわいや」
「それ」
「眠たいわいや」
「それ」

「煙草とか吸いたない、いっちゃんの理由」
「それ」

詩とか書きたない、いっちゃんの理由

(荒レテイル。)

知らない女子校生の立つ、街路
夏なのに
冬服だ　色が
知らない制服を着ている、ふたり
どぎつい
風が膚をうつ
ざんばら　ざんばら　暴風警報
おれの舌を揺らす
まただ

口内炎に触れてしまった
まるで洪水みたいやね

元町のファミレス
二〇一〇年のオークス
がドラマと賭け金をどぶに捨てさせる
窓の向こう
（はるか！）（はるか！）
（かなた！）（かなた！）
（脈打つ！）（脈打つ！）
府中にて架空の絶対女王が君臨する
ターフのうえを小便とまがう
にごった涙が降り注ぐ

（キレイ、ダネ。）

「星々のようだ」
「まるで早朝の
どぶのなかで　煌めく
光のように」

現代の風紀委員に
迫害される夢をみた　街を追われて
(あいつらの)書物に油性マジックを！
(あいつらによる)石の礫をなげつけろ！
(あいつらのための)枯れ葉を踏む権利を奪え！

胸躍る、迫害
心からの、蹂躙

三流のサディストの　鞭ほど痛いもんはない

喫茶店の天井から
したたり落ちるエレジーで
せっかく書いた　ノートが汚れた

# 今夜、すべての自由と

圧倒的マクドナルド
に引き籠もって
否定する手、肯定する足
ぜんぶ置き忘れてきた
それでも、白紙の
ルーズリーフ
に競って秩序を
書き込んでいたこと
忘れてはいない

前世紀末に
睨まれはするが
国道2号沿いの、海の辺りから
テトラポッド、だけでなく
白いフナムシの死骸、だけでなく
妻と、手を振って
見返している
今夜こそ、ヨーグルト
買い足しに出かけよう

等しく降りそそぐ、罪とか咎とか
あるいはワーク、あるいはゲッマニー
近所の公園が逆光で
ボールをつく顔がみえない

# 真昼の短い物体

ギリギリと舞落ちていく真昼の短い物体を右
目と左の目のあいだで受け止めて／よ「愛し
ています　すべてが黒い海の表面で反目しあ
っていた　岸辺の奥で産声をあげたグラウン
ドには森という森が投げ込まれ　わたしはま
とめてガソリンを放ち渦潮の　その中心部で
凍りついています

三年前の舗道で朽ちていた金木犀がいまわた
しの鼻先で香っている、燃しつくしたはずの

灰のほうから

ざらついた白黒で構成されたあの真昼は恐怖
や酸っぱいクリームを呑込む暇をあたえず
「夏、わたしは殺させない　なぜならわたし
は　夏、見つけ出せはしないから　夏、

底冷えのする夏、のひきちぎりそこねた末端。
たとえばきみの耳たぶをわたしはひきちぎり
そこねたのに夏、はいつになればしなり続け
るのを止めるのでしょうか、半年以上も真昼
の白黒の繁茂する

グラウンドにはミドリやアオの角の伸びた宝
石が息づきはじめ　真昼の鐘の音が底でしつ
こく反響し続け（ている　狂わないのは時の

刻みではなくあなたの　頰に刻まれた皺のほ
うであった／から　赤子がひとりで、いま真
昼の短い物体を嚙み砕いている

# サマー・ヴァケイション

今朝がた夏を刻み終えた男の全身を漂白してベランダに干したところだと云う
熟すことも腐ることもなく　ただ　秋がくればカサカサと鳴るだろう
できることなら、血の匂いのしない図鑑をくれ　魚鱗を貼付けたせいで
この夏を越せないなどというおまえの言い分がいまはつらい

＊

滲む空からは一羽の鳥が降り注ぎ　白い腹をひらひら回転させ軋む
赤の、嘴だけが波の浅瀬で凍てついたまま刺さっている

*

熱を帯びた首筋から背中にかけて巨大な鴉に包容される夢をみた
薄く明るい光で照らされた巨大な鴉の羽毛でわたしの夏の休息は完全に露になってしまった
机のうえには銀や銅でできたコインが数枚転がっており　孔のあいたものを選んではその先にこの夏、自然発火した女が見えないかと繰り返す

*

ガラス瓶を灰皿の代わりにしているおまえは昨日、誤って底にペンを突き刺してしまったことを酷く後悔しているね　突き立てるものが小指でも短刀でもペニスでも、その後悔の質量に変わりはなかったと云ってさめざめと泣いている

*

短い独白の後に、それらがすべて誤りだったとせびる役者の背中には夏の、割と明るい夜の星空が似合う　わたし

にはこの夏を越す理由のひとつだと思えたが変わらずおまえは男の全身を漂白することに魂を賭けていたのだった

*

橋の両端で突っ立っているわたしたち　夏の夕暮れ
河原でひとり祖先をおくっている男から焦点の深い写真をもらった

# 望郷

平成二二　冬
から　平成一九
夏、へと
帰路を急ぐ
途中、出くわす
あなた
や、あなたと
もひとり
途中で
帰ってはこない、あなたと

わたしは
これから焦るだろうか
もう一度、もう
古くとも　あたらしくとも
ない、夢中の
挨拶のかたち
を求め
さまよう
雑踏
と、いうことば
のザツさ加減
に逐一、苛立つ

もう引き返せん
と思いながら
いつまでも後ろ

気になり
それは背後
でなく
前方から
聴こえる
あなた、の確かな
息遣いや
まなざしであって
そういうもの
を焼いたり
流したりは
しづらいから
何度か、いや何度も
試みはしたが
もう以前とは
違う意味で

二足、での
歩行は難しく
乗り物
をすべて憎むこととしたので
最後に、これだけ
は確かめておきたい
あなた、の
口ずさむ詩はなにか

（愛の世紀）

# ZUTTO MIKATA DA.

ずっと仲の良い友人がいて
一緒に暮らすのも悪くないだろうという話になった

友人とおれには
偶然分かりやすい性差があったので
婚姻制度も使用しようという話になった

そのうち
ティファニーで金と白金と金が三重になった指輪を
互いにひとつずつ買うこととし

いま、その輪に刻印する文字を考えようと思う

だがおれには、ほんとうに分からないのだ

たとえば
金と白金と金のうち、白金はよいのだ
白金は一種類であるらしく、分からない、の余地を拒んでいる

だが金には
金には、黄色い金とピンクの金があるという
世の中には少なくとも二種類の金があるというのだ
ならば、おれは
黄色いほうの金と生きていくのか
或いはピンクのほうで生きていくのか

二人の他人がともに生きていくという

その際に、黄色とピンクが決定的な差異を齎すとして
おれに出来ることは
ほんとうに刻印する文字に心血を注ぐことなのか

それが、ほんとうに分からない

「黄色だろうがピンクだろうが
そこに一種の喩をみるなら、あなたは生まれるまえから先ずやり直した方がいい」

ティファニー大丸神戸店の
店員、大倉さんは笑顔でそうアドバイスをくれた
その忠告が、おれの臓腑をうった

おれにはほんとうに分からない

だが

おれとおれの友人のために
金と白金と金が三重になった指輪には、それぞれ
ZUTTO MIKATA DA.
と刻印しようと思う

最後にピリオドをうつこと
それのみが、友人の発案であった
ピリオドを臓腑にうつこと
そんなことは誰にもできはしない

# ときには鎮魂歌を

Ｋの臍のあな
からは朽ちて
なお息吹を欲した
はなびらがギチギチと
（アンナ、どうか泣かないでおくれ）
鳴っているから
ああ「バンッ」誤って発砲した
屋上への扉をあければ
「キリング・ミー、キリング・ミー、アゲイン」
と掠れた声で

明け方の東風
「列車のデッキで十一時間彼と一緒に過ごした
彼がかたわであることに気付くことがなかった」

現実は新しい虚構なんだ
とそれは疲労もするだろう
「メイビメイビメイビメイイメイメイビ」

切羽詰まった片足がいまも吼えていておれの
夜明けは十五分前に殺された
だから未だ明けることはない

「待って待って、待ってくれ」

すべてが仮言命法で覆われた世界でおまえは自分の息継ぎを始められるといった

それは眩し過ぎ、目眩がしていつまでも後退戦を強いられていくだろう

だが昨日までの
「太陽だけは信じるに足りない、おれの眼と耳には」
火を着けるもの、火を焚くもの、火を発するものどもに災いあれ
と呪った幼いころのＫ
あなたの咎で

（アンナ、どうか泣かないでおくれ）

右手とひだりの手に
それぞれ赤と黒の手袋をはめ
灰を、灰を摑みたかった
灰のなかに個体はなかった
路傍の、
タンポポは太陽に向かっているのではない

重力に抗しているのだ
だから希望は地面に食い込む根っこ
との弁証法的会話を揺るがし
白くかるい綿毛のほうに

（湖が好きだったね）

その霧のなか
を白くかるい綿毛が東風にのって
もし　かしたら十五分
前に殺された夜明けを
何か
の間違いで取り
戻してくれるかもしれなかった希望
と名づけられたその即座に
うすく黄色い

はんぶん透けたフナのお腹、
多分もうずっと息をしていない

ただイモリたちの、そこ
にライトを一身に集め
同じくらいの歳のこどもたち
はもう見分けがつかないような夜明け前
みな狂いながら笑ってこちら
にむかって走ってくるのが見えなくて聴こえ

こどもたちの
(アンナ、どうか)
吐き出す気泡が湖面にぶくりぶくりと
もう一度語るなら多分
もうずっと息をしていない希望は白くかるい綿毛のほうに
すべての向日葵は哀れだ限りなく、

血の色で編んだアンナの織物
おまえはいつまで拒めるのか
つまりは耐えがたく忍びがたくなど
アンナの口から垂れ
滴っている血は
固まる気配もなく、
痩せこけた犬のしろい背骨
とシリウスは交尾できずにＫよ

三日前に乗り込んだ汽船は座礁した

イモリたちがすぐに気付き
あつまってきて希望を
分け与えようとした
海水のなか

動きを徐々に止めて

（アンナ、どうか泣かないでおくれ）

おれたちは追悼するおれたち
の背中に掘られたイモリたちのひかり
の痕跡を
たとえ赤く錆びていく背中
であっても

Ｋよ、
あまりに無計画に始めたロード・ムーヴィー
少なくともどれほどの血が流れたか
誤って荒々しい東風の吹く夜明け
前、散った確かに

散った、白くかるい綿毛たち
もKの臍から芽吹いたはなびら
もイモリたちの亡骸
も（アンナ、どうか）

太陽、おまえは俺たちの敵だ
太陽、おまえをここに置いて行く

（そう伝書鳩に託す）

# 続・あの夜だけが

こうして
ここもまた、
冬である

随分と
独り
であった

夕刻、
台所へ

とゆく

シケモクと
グレープフルーツ
の喰いさし
その、入り
雑じった匂い
こそ
あなた、
だったか

あなた、の
歌
であったか

それを

郷愁
としか
名づけられない

郷愁であった
と、
次はないが
(しかし
あなた、は
次、を奪ったのか
守ったのか)
次は
そう、
告げよう
と、
思う

こうして
ここもまた、
三月、
である

平池にも
雪が
降って
イワサキや、
リョウヘイ
と似て
いる
(ほんとうに
他人、なのだろうか)
姿が

雪と
遊んで

夕景、
平池の夕景、
が　この、
伊川谷の
家屋や団地を
映すとき
タイチ、や
イワサキ、リョウヘイ
がそこに
居て、
座って
いる

爛れ、
捩れて

まるで
忘れ去られた

インターナショナル・ヒットマン・ブルーズ

まるで
忘れてしまった
が

それでも、
タイチ、
イワサキ、リョウヘイ

（あなた、にあなた
そして、もひとり
あなた、だ）

固有の名を一字一句、眠るまえに唱えゆく

それが
ただひとつ
わたし、の
フラテルニテ
であって

忍従シテイル
あの、夜だけが

# マドモアゼル・MACHIが座っている

たあん・たたた・たんたんた・たらあん
たあん・たたた・たんたんた・たらあん

玄関を越え、右の
扉の奥からだった

ピアノの
音色がいろいろな
色をとって
MACHI、の

眼に映っている

たあん・は・きいろ
たたた・が・みずいろ
たんたんた・の・みどり・に
たらあん・で・むらさき

たあん・は・きいろ
たたた・が・みずいろ
たんたんた・の・みどり・に
たらあん・で・むらさき

この
四色の
音色の
さきで

この
四色の
音色を
操る
マドモアゼル・MACHI
が座っていた

# 河川

夜がひしゃげてしま
ってぼくは路上のマ
ンホールに耳をあて
る真砂から　眠る河
川を辿って自転車を
駆る　月明かりだけ
をあてにして一九九
九年の十月へと旅に

もう忘れてしまった
春だったかもしれな
い　きみは花見だ
というに桜の幹の黒
さの夜に溶けだす瞬
間にしか興味をしめ
さない　あのときも
たしか自転車がぼく

「世界が五月と十月だけならいいのに」*

一九九九年の十月に行き先など無かった確定された袋小路のために　ぼくは好きな星と嫌いな星をひとつずつ分けてもらい　けれど　月明かりのかわりにと差し出した二つの星をチルリルとミチュリルが無言で貪り　それから　八回ずつやってきたぼくの五月と十月は全て夜がひしゃげていて眠りにつたちの唯一の動力だったから　繰り出した　五月はどこにもいなかったが　構わず河の跡をたどれば五月にたどり着くこともあるだろうと玉川　は所々で　ちぐはぐに息を吹き返すこともあったから

　土管のなかですらきみは透明だった散った花びらが水面に集い腐臭を放ち始めても　なお透明だ

いた氷川に　復讐さ　　　　った　再会しよう
れつづけている　　　　　いつだかの十月に

二つの星に名をつけたおまえ　集った花びらに吐き気を催し　凝視　靴さきをじっと見つめ続け　擬態した昆虫　が弦楽器を奏でる　幸福な（凪はもうどの河からも吹きゃしません）姿をもたぬものどもですらもはやただの反響する透明な壁ではなく当然の哀しみ　の凝固隊がぞろぞろと這い出し　からだを消去せよと　おまえとともに　消去せよと唄いだすなら　それをトキオの唄とともに　無数の便所から響く数え唄　の濁り　濁流に　からだは巻き込まれる　から　濁った河川は五月にも十月にも支えられて　きっかりと計測する測量士に　返してやろう　おまえのものはおまえにおれのものはおれに　各人の唄に応じて　返してやろう　そしてぽっかりあいた光の穴のなかで暮らせばよい　月が満ちることに理由があるなら　暮らせばよい　離ればなれになったおれの足の指先も　左耳も　寸胴も　ひび割れたイルカと桜の模様の描かれた　木製の黒い指輪も砂利も　眠りについた河の水面で　揺れ続けているのなら暮らせばよい　その縁で　宛先不明の手紙を　兎や蟹が喰い散らかそうが　暮らせばよい　月面には　孔ぼこがあって　そこにうちらの河川が　漂着することもあること

を　教えてくれたのは　うちらと暮らしたこともある　独りの測量士だったのだから

＊岡崎京子『TAKE IT EASY』あとがきより引用

# 露光

岸辺に充填されるはずであった夜からもはぐれてきみは
銀波の行く末を案じることにも倦み疲れ　テトラポッドのなかで窒息した柔らかい
書物に手をのばす　月のひかりの届くことはなく　にがい螺旋をくだりはじめ

（血、　のしたを流れるましろい河川

水の流れ　水脈のかけらは散らばり
（あるいは　冬のなかで滞　留し

完全な護送などなかった

（きみはつねに冬の午後の弱い光を擁護してきたはずだ

見透かされた葉脈に再度、〈非〉を突きつけ　行き違った鈍いこどもたちのほうへ歩み寄る
地下には地下の向日性。があって　白い綿毛の飛び交い

見／遣るな
（作業員は作業をし　ことばはことばをする

区切られた領海ではなにひとつ獲れやしない
（頷き、をひとつひとつ否定していき

「残余は食べられますか」
「いいえ」

ミンダナオからの船には交わることのない希望が積載されていた

*

乾ききったゆびのさきで水面のへりを撫で　狂うことのない磁石に黒い布を被せる　銅線はそこかしこに張りめぐ
らされており

机のうえ

宛名はなく

見／遣るな

箱は

忘却された

鼓動、の

運ばないで

海を

突き立てて

きみ

露光する

# 背後から、HOW LOW?

背後から母に刺されそれがどれくらい悪夢であるかどうかは知らないが「元気?」と尋ねるのに「どれくらい悪い?」といって替える遊びがまかり通っていたらしい前世紀末すなわち九十年代などと耳にしそんなはしゃぎようは虚構であると端的にいえないくらい老青年らが疲弊しているのはReality is the New Fiction, they say. と歌ってみるさいのtheyがもうずっと老青年らの額に鯨もようの咎として刻まれていたためでならば老青年らはcul-de-sacと呟くまにほんとうは逃げてもいいし逃げなくてもよかったしどちらにしろLOSERのかたわらに負け犬とメモる癖を一九九八的恋人が「犬に詫びたほうがいい」と静かな筆致で書き残していたのだった

そうやって
チル・アウトする足
が欲しいが

試しに、二〇一八
部屋をで隣の公園
へ行くと

TOWN WORK、を中心に
ショート・ホープ、鬼ごろし、ショート・ホープ、ショート・ホープ、で
ベンチまわりに濡れ捨ててあったそれらと目が合いその姿、その暮らしこそエロいのだから沈黙できない、だ

理由はない
唐突に、背後から刺され
どれくらい悪いのか

詰まらない挨拶が横行し私鉄で六駅ほど西にいった海辺のビジネス・ホテルみたいな病院に立てこもっては

前世紀末の

新しい虚構、だとか
耳にした
鯨もようの咎、だとか
歌われる
負け犬のメモ群、だとか
みんなみんな、
ケタケタ笑って廊下を
歩き続けている

（だから、ほんとうに）

逃げてもいいし逃げなくてもよかったが背後では濡れ捨てられたTOWNWORK、がひとり流血していた

（小さなカオス）

# ヒア&ゼア、ここを離れて他のどこかに来た

ここを離れて他のどこかに来た
波音がいつまでも耳鳴っていた
海の匂いで草も河も掻き消されていた
それらに海の縁を離れてはじめて気づいた

どうしたって耳は鳴るだろう
俺が知る限りそう遠くはない
ここと他のどこかで
ぶった斬るものがあって故に
ぶっ倒れるものの在り処が聞こえ始める

ここと他のどこかで

知らない、知らない
ヒア&ゼアの独り言が漏れだしていく
私たちの一行の長さがなんとか堪えさせてきたもの&私たちの一行の長さが瞬く間に煌めきださせてきたもの
知らない、知らない

耳が鳴る
ヒア&ゼア
あるいは、
ここを離れて他のどこかに来た
ここに訛りがあるように他のどこかにも訛りはある
ここに吃音があるように他のどこかにも吃音はある

部屋の鍵を受け取った日は曇っていた
近くの改良住宅団地群にはほとんどゲットーの名残が感じられた
風は強く砂埃が舞っていた
やたら色褪せた共産党のポスターがトタン板に貼ってあった
背後から急に殴られても文句は言えないと感じられた
改良住宅団地群の一画にかつては大浴場や保育園があったことが分かった

移住した日は初夏といってよい暑い一日だった
マンションの裏道には薄い黄色の山吹が咲き乱れていた

一行で耐えられるものが　かつてあったのかないのか
中途半端に一行に　託していくそういう話法で続くものが
続くように繋いでいく　その仕草でひとつ余らせ
余ってしまった　長く続く、間違ったリリイフのことを思った

ヒア&ゼアの独り言がいま漏れだし

ここに訛りがあるように他のどこかにも訛りがあるはずで
ここに吃音があるように他のどこかにも吃音があるはずで

移住した日に改良住宅団地群の近所では
偶然にも俺の知り合いたちの名前を冠した喫茶店や美容室が数多く並んでいた

# ロスタイム

己れ、にだけ
忠実であろうとした女の
左腕は今朝　彼等の海へと
絡みついたままもげ
その、断面からは黒く冷たい
叫びごえが鳴って
ロスタイムの合図とする

*

あんたの絶望の浅瀬で
いまにもうちは溺死しそうだ
確かなものはすべて　白く
まるいパン皿のうえに横たわってる
脱ぎ散らかした膚を
気にかけながら　性交に
狂って（る場合でなく）、うちは
ざわつく歓喜をことごとく
踏みつけにした

*

大衆商品やからさ、うちら
その感情の等価物など
この世に存在しない
歴史は苦手やった　日本史とか

うちを勉強させるために
平城京は遷都し、長宗我部は統一した
歴史の事実とかいうの、あれ
うち全部架空のことやと思っとる
うちを勉強させるための
それでも音楽は実在した
ちっちゃいころから、うちピアノ
弾いとったから、わかんねん
バイエルも鍵盤もバッハもメトロノームも
ちゃんと、実在しとった
(うち、わかんねん)

*

おれたちが叩いた
鍵盤はまもなく

白も黒も発火し
奴等の海では
調律がたいへん清らかで
優しい、（おまえの）絶望の
浅瀬では　白い
パン皿に亀裂が入って　膚が
いっせいに零れ　性交のまほろば
ついぞ合一など不可能であって
剝き出しの骨と骨とが
かちかちと鳴っている、それを（二度目の）
ロスタイムの合図とする

# Melting Films

たとえばエックスレイ写真に透かされ／た
ぼくときみの似姿が手と手をツナぐなら、か
ら　だ　が冷たかろう／が、凍てついて　い
よう／が、きっと
笑っている（透かされた顎骨とがたがたの歯
たち）　光に透けた白い骨たちの　ヨロコ
ぶ　こえ　に耳を澄ますこと／もできたはず
だ（った）　ならば黒髪　きみは貪欲だ　に
んげんの薄まった　から　だ　を嘲　笑い／
ぼくたち　の記憶をはなさない　黒髪／よ

きみのありか　へと遡行するなら

（わずかばかりの　嘔吐感には気づくことすらできず）　穴　それはミシシッピ河の岸辺に密やかに準備され　少年　きみは　ほこりの満ちた光　の空気のなかで　唾液を垂ら／すこともあろう　穴の　ほうへ（みなに忘れられた　ルイジアナのまじない）　それは少年の記憶からも　抜け落ち／た彼のため　だけのまじないであった　透かされた　から
　だなぞ　いっそ燃してしまえ！

（不燃。）まとわりつく　ことばたちは　（不燃の。）　宛先もなく　漂い　この「部屋」をみたす　から　ぼくたちは黒髪
　を　触れあわせ　狂（う?）おしく　にん

げんの、から　だを束ねあわせ
　まだ　ものたりない　とでもいうのか　か
ら　だは　記述する　から　だの非在を

（港はどこですか　徒花どこですか）　愉楽と
悦楽の先を　急ぐ　置き忘れた　美しい青年
たちの　台詞
　が　この「部屋」をみたす　から　ぼくた
ちの黒髪／よ　きみの居場所を訪ね　歩き
疲れることを知る術もなく訪ね　歩き

ルイジアナのまじないは　油　を噴出させ
黒髪！　きみは間違っちゃ　いない　ぬぐう
ことのできずに　触れた　削ぎ　落とされた
頬骨　にその感触を／から　しゅっぱつし

（港はどこですか　徒花どこですか）

旋律は青白く

「そのときこそ、背を向けるべき」などとき
みはいうのか　掌中の　あおい　焔をにぎり
締め、ぼくたちの　退路はすでに　絶たれて
おり　ただただ闇雲に　黒髪よ　きみの数を
ぼくは正確にはしらない

# 渇望I

朝が来る
白み始めた曇天
が肌寒い
おまえの渇き
のなかで泳ぎを覚え
誰からも
見捨てられた
チュイン・ガム
を口に含む
グチャグチャとした

調律に従い、
わたしたちは
あらかた散っていった
それでもなお
欲望の、
行く末は明らかだった
おまえの後ろ姿は
半透明の
日溜まりのなかで
沈んでいるね。

「正午までには詳らかにしてくれ」

おもむろに持ち上げた
首筋はかたく
連日の雨で

腐敗した
植物の重みを
両腕で
しっかと受け止め、
せっかくのフィルムを全て
台無しにした午後。

# 渇望II

ほら、聴こえるね　あの泉の谷から滲みだすさまざまな色のことばたちの　煌めきながらばらばらに散っていた無数の肉体の欠片のなかを通過していくその衣擦れのような音が（渇いてしまう）ようやっと辿り着いた　名を与えられてはいないが　いまだひかりの残ることばの裾野から拾われた椅子のもとへ（ゆっくりと燃えてゆけ）次第に明るみだけが喉もとを照らしだし　ひりひりと貼付いていた声たちの在り処が　ひとつまたひとつと降り積もって　少しばかり湿り気を残したままの土塊のうえに　弱々しく折れそうな骨の身ぶりで分裂する　たとえば愚かでいつものらくらしていた《わたしたち》の生誕の日を祝うというのなら　ずっとずっと奥のほう《あなた》が想像するなかでもっとも涼やかな風の吹く真白い洞のなか　ちいさな、ちいさな蠟燭の炎をただひとつ　そっと吹き消してくれ（ぱんっ、という音のする姿）そうすればきっと《わたしたち》は互いに独立の個体として息をきらしながら　容易く「等しい数」という情念を捨て去って　複数の果実があたらしい倍音を響かせ、きらきらと零れ落ちてゆくさまを目にすることだろう　それは脆く弱々しいものたちのためだけに出来した洪積世の夢ではな

い　遡行する一瞬によろめく身体　そこを拠り所にして袂を分かつ《わたしたち》の息遣いがすこしずつ、すこしずつ荒れていくのをみるとき　ぎこちない固まりかたをした《あなた》は湖の底にひっそりと咲くあかい氷花のことを想いだすだろう　ひとしきり眠ったあといっせいに咲きはじめるというあの、徒花のことを決して忘れてはいなかっただろう　（うすいあかりがぽろぽろと泣いている）

## ファウル、年末の

—Ossu. Kaze wa naotta kai?
Mata rennraku kure tamae.

—Koega mada dennodayo. Noroi ga utagawareteru.

—Honnmakaina!?
Noroi!? Shinnpai sugirude (namida)
Netsu toka wa nainonn!?

—Tadano kaze datoomounennkedone. Netsuwa mousagatte taichouwa iinen. Socchi no chousiwa dou?

—Kocchiwa nicchimo sacchimo.
Daigaku kibishiikamo. Yarudake Yaruga.
Koe hayaku modoruyou nenn wo
Okutte oku.

電子メールを書き写していたら
二〇一五、年末が暮れようとしており

ああ、逃げ切れるのか

昼間はエンドレスに続くと思える
ガキ使特番の再放送をみて、ケタケタだらしなく泣きたくはあった
不意に真面目な振りをして
他人の尻を触ること

それと、他人のメールの文面
を許可なく筆写すること
そのどちらがよりポルノめくのか
論争を待たない事柄ではある

だから、こっぴどく
他人たちには叱られるだろうが
nenn wo okuru
のも
noroi
に対抗するのも
具体的な術が分からず
半分途方に暮れ
半分ほんきでおそろしくなって
このノートに書き写しつつ
二〇〇七、四月

都知事選を反芻している

これが二〇一五、

唯一立ったバッターボックスでの結果であった

# 屋根の上の生活

そして、（ぼくら屋根の上）、集え、（ぼくら屋根の上）、さらに、（ぼくら屋根の上）、叫べ、（ぼくら屋根の上）、
戦後、（ぼくら屋根の上）、我ら、（ぼくら屋根の上）、マジで、（ぼくら屋根の上）、生きろ、（ぼくら屋根の上）、

——no-than schock「電波」

「松田さん、イデオロギーが服着て歩いてますよ」
ニュースキンはそう呟いて
下北沢
ゲームセンター・ラスベガス
の裏通りから消えた

イデオロギーが服を
着たその日から
俺らはスニーカーを磨き続ける日常を
UターンとJターン

の桎梏のさなか、迎えていくのだ
《ニヒルなあのこ》の黄色、《センチなあいつ》の水色

周知のように
イデオロギーには
色があったろう
《ニヒルなあのこ》こそ黄色であった、《センチなあいつ》ゆえ水色であった

俺らはとうに知っていた
このさき、
色褪せない色など
ひとつもないのだ

だから、じゃない　でも、じゃない

俺ら毎日、磨いているが古着屋に売っぱらう
のが惜しくなってつまり、とども詰まるだろう?
スニーカーが入り込んだ日常の景では生活的
答案ですら逐一、イデオローグを殺していくよ

そして、であり　さらに、であり

「ぼくら屋根の上」という極抒情的咆哮が屋根裏を駆け巡った日
がそこにあったのだから俺ら「戦時下の生活」をこそ磨くしみがくよ

そうして、
《磨くスニーカーがあたらしいブルーズ》をきっかりとモノして、一物のまえにだ
まだある、
《ファックよ、ようやったんよ》とまだ、昏れるようで昏れはしない海辺のここでだ
そうして、

《松田は松田、ニュースキンはニュースキン。スニーカーはスニーカーで、イデオロギーはイデオロギー》だ
まだある、
《ゲッマニよお、まじっすか》とまだ、明けるようで決して明けない山向こうのそこでだ

だろう、(貴様ら)、
だから、(東京も)、
おれら、(西舞子も)、
せんご、(伊川谷で)、
まじで、(井原に)、
いきて、(屋根の上)、
くろい、(人民に)、
はたを、(告ぐぜ)、

平成二九、
Sat.
a.m.

屋根の
上の
生活

じゅうぶん
泣き濡れ
レスト・イン・ピース
など

覗き込む余地、
いっさいない

# 旧二号、あるいは傷ついても陽を浴びた要約がある

この地では
国道二号線を
ニコク、と呼ばない

僕らは
余りに
ニコク、に
慣れ過ぎていた
その
海辺沿いの白い光、

陽を浴びて自由落下するような
ギリギリの生、
そういうもの、に
慣れすぎていた

だからこそ
この干からびたフナムシ、テトラポッド、セイタカアワダチソウ、山田川、渡っていく鳥
彼らが
遺していった
残影を
この地で
生きること、

生き延びずとも
不実であった
などと

けっして
要約させない
それだけの、
「青江の交差点まで出てずーっとずっと東の方へ歩いて行ったら帰れます」

傷ついても
陽を浴びた要約が
ここにはあって

安らかに安らいでも
よかった

(attoiumani_nizi)

# Loveless、その後

俺はずっともうなにも知りはしない
深夜零時ちょうど一行の、詩が詩であった季節
詩が詩であろうとしていた、だろう?そして
ずいぶん時が経った信じられないほどだ
なかには子どもを産んだ人もいる、その後に一行の、
詩がいっせいに消えゆくさまをきょうもまた眼にして
俺は半分安堵し半分はたまらない、だからきみに
なおきみに告げることが残って老いていく一行の、
残ってあることが苦しみをもたらすだけではけっしてなかった
「Loveless、その後」と綴ってみてその後の「その」

が名指すものがわからない、泣いているつまり一行の、きみがいる
一年に一度調子を崩し、一年に一度たまらなく嬉しくなる、それを
以後、と呼ぶならなお馨っているのだと思うつまり一行の、会いたい、
不意をついて十年少し何かが溶けだし、できれば
いい景色の席を用意しよう、許さないということばは
いったい僕らに何を与えるために準備されたのであったか
いっぽうで許さない、ということがあっていい
きみに教えられたと思い続けていたちょうど一行の、チャリ機
で集合し下北沢南口から線路沿いに踏切をこえる
薄いグリーン、ミントチャイなど、何杯飲むんよ?そうして
俺はずっともうなにも知りはしないのだが

一行の、妻と暮らし最近は黒猫もいてインターという名前があって殆ど詩が、
一行の、子どもを産んだ人は子どもを二人産んで二人育ててあって殆ど詩が、
一行の、おそらくもうひとりは東京に残ってなお暮らしがあって殆ど詩が、

殆ど詩が、崩れ去ってあるが一行の、詩が詩こそが
一行を、きみにまだ告げることができると命じているので
だいじょうぶ、僕たちはあっという間に虹になることだってできたのだった

あっというまににじ
attoiumani_nizi

著者
藤本哲明（ふじもとてつあき）

発行者
小田啓之

発行所
株式会社 思潮社
〒一六二—〇八四二 東京都新宿区市谷砂土原町三—十五
電話〇三（五八〇五）七五〇一（営業）
〇三（三二六七）八一四一（編集）

印刷・製本所
創栄図書印刷株式会社

発行日
二〇二三年七月三十一日